Theodor Pyl

Lieder und Sprüche des Fürsten Wizlaw von Rügen

Theodor Pyl

Lieder und Sprüche des Fürsten Wizlaw von Rügen

ISBN/EAN: 9783743354425

Hergestellt in Europa, USA, Kanada, Australien, Japan

Cover: Foto ©Andreas Hilbeck / pixelio.de

Manufactured and distributed by brebook publishing software (www.brebook.com)

Theodor Pyl

Lieder und Sprüche des Fürsten Wizlaw von Rügen

Lieder und Sprüche des Fürsten Wizlaw von Rügen.

Nach den Ausgaben
von v. d. Hagen in den Minnesängern
und von Ettmüller in der Bibliothek der Deutschen
Nationallitteratur

übersetzt und erläutert

von

Dr. Theodor Pyl,

Vorstand der Rügisch-Pommerschen Abtheilung
der Gesellschaft für Pommersche Geschichte und Alterthumskunde
in Greifswald.

Greifswald.
Vereinsschrift der Rügisch-Pommerschen Abtheilung
der Gesellschaft für Pommersche Geschichte und Alterthumskunde
in Stralsund und Greifswald.
1872.

Dem Andenken

unserer Rügisch-Pommerschen Dichter

Ernst Moritz Arndt,
geb. 1769, gest. 1860,

Theodor Schwarz,
geb. 1777, gest. 1850,

Friedrich Furchau,
geb. 1787, gest. 1868.

Lieder und Sprüche
des Fürsten Wizlaw III von Rügen.

Wizlaw III, der Jüngere, — ein Sohn Wizlaws II aus dessen Ehe mit Agnes, einer Tochter des Herzogs Otto von Braunschweig-Lüneburg — welcher uns i. J. 1283 zuerst in den Urkunden als mündig genannt wird und dann v. J. 1302--25 als der Letzte seines eingebornen Geschlechtes die Herrschaft über das Fürstenthum Rügen führte, hat nicht nur für die Rügisch-Pommersche Geschichte[1] eine hohe Bedeutung, sondern nimmt auch durch seine Dichtungen in der geistigen Entwicklung[2] unseres engeren und weiteren Vaterlandes eine sehr hervorragende Stellung ein.

Diese, welche in Sprüche und Lieder zerfallen, und auch mit Gesangesweisen im Tone unserer Kirchenlieder ausgestattet sind, befinden sich in der Jenaer Liederhandschrift[3] und sind u. A.

---

[1] Vgl. über Wizlaw III und seine Bedeutung für die Rügisch-Pommersche Geschichte Fabricius Urkunden zur Geschichte des Fürstenthums Rügen B. IV. Abth. 1—4. Berlin, Weber 1858—69; und Fock, Rüg. Pom. Gesch. B. III. Ueber Wizlaws Eltern vgl. Fabricius a. a. O. B. III, p. 132—35. Die Großeltern waren: Jaromar II (1249—60) und Eufemie, Swantepolts d. Gr. von Hinterpommern Tochter, die Urgroßeltern waren: Jaromars I Sohn, Wizlaw I (1218—49) und Margarete. Die Angaben v. d. Hagens und Ettmüllers über seine Herkunft u. A. sowie seine Bezeichnung als Wizlaw IV sind unrichtigen Quellen entnommen.

[2] Vgl. auch Karl von Rosen, die Marienkirche zu Barth. Pom. Jahrb. I, 1867, p. 134.

[3] Vgl. über die Jenaer Liederhandschrift, wo Wizlaws Gedichte f. 73 bis 80 v. stehen, v. d. Hagen, Minnesänger I p. XVII, IV p. 900.

durch v. d. Hagen in den Minnesängern¹) und durch Ettmüller in der Bibliothek der Deutschen Nationallitteratur²) herausgegeben. In der Handschrift fehlen jedoch mehrere Blätter u. A. auch die den Namen des Dichters enthaltende Ueberschrift; ferner ergibt sich auch aus dem Sprachgemenge Mittelhochdeutscher, Niederdeutscher und Niederrheinischer Formen³), daß die vorliegende alte Abschrift einen von dem verlorenen Original wesentlich abweichenden Text enthält.

Die Ueberschrift der Gedichte nnd der Name des Dichters ergänzen sich leicht aus den Liedern VIII und X, in welchen sich Wizlaw selber als Verfasser⁴) bezeichnet:

Lied VIII. Z. 56.

Wizlaw de Junge singet

Dit Lict.

Lied X. Z. 30.

Wizlaw, dit scrif.

Ueber die Art der Sprache sind jedoch abweichende Ansichten vertreten, indem v. d. Hagen eine wesentlich Mittelhochdeutsche Mundart mit Niederdeutschen Anklängen⁵), Jakob Grimm und Ettmüller⁶) dagegen Niederdeutsche Mundart für dieselben angenommen haben. Für v. d. Hagens Ansicht gilt die Voraussetzung, daß Wizlaw, welcher seine Sprüche und Lieder ganz im Geiste und Tone der Oberdeutschen Minnesänger abfaßte, auch der Sprache jener Schule gefolgt sei; für Grimm und Ettmüller spricht dagegen die Niederdeutsche Heimat des Fürsten und die zahlreichen Niederdeutschen Ausdrücke, welche in Oberdeutschland ungebräuchlich und daher unverständlich waren.

---

1) Vgl. Minnesänger, hg. v. Fr. Heinr. v. d. Hagen, 1838 Th. I—IV; den Text von Wizlaws Gedichten Th. III p. 78—85, Nr. 23; mit Anmerkungen III, 743 und Singnoten IV, 809—17, sowie einer Lebensbeschreibung IV, 717—20.

2) Vgl. Bibliothek der Deutschen Nationallitteratur B. XXXIII; den Text von Wizlaws Gedichten p. 26—51; mit Einleitung p. 1—19 und Anmerkungen p. 69—89.

3) Vgl. v. d. Hagen IV, 719, Anm. 4. Ettmüller p. 6, p 19.

4) Vgl. v. d. Hagen III, 83, 84. Ettmüller 44, 47.

5) Vgl. v. d. Hagen IV, 719.

6) Haupts Zeitschr. f. Deutsches Alterthum 1849. Ettmüller a. a. O. p. 6, p. 19.

Demzufolge hat Ettmüller in seiner oben genannten Ausgabe sämmtliche Lieder und Sprüche in Niederdeutscher Mundart hergestellt, ein Verfahren, welches jedoch an manchen Stellen Zweifel über Form und Deutung der Wörter bestehen läßt und auch die von mir versuchte Neuhochdeutsche Uebersetzung sehr erschwerte. Für diese kamen namentlich vier Gesichtspunkte zur Geltung: Wort und Satzbildung, Versmaaß, Reim und Strophenbau, sowie endlich das Verhältniß des poetischen Geschmackes im Mittelalter zu dem unserer Zeit. Fragen wir uns nun, welches von jenen drei ersten Motiven, sei es bewußt oder unbewußt, den meisten Einfluß bei den Gedichten Wizlaws und auch überhaupt bei den Minnesängern ausübte, so läßt sich dies mit Recht von dem Reime und dem Strophenbaue behaupten, welcher, außerordentlich kunstreich angeordnet, oft 4—6 Zeilen mit demselben Reime schließen läßt, ein Bestreben nach Wohlklang, welches in der Sprache des Mittelalters durch die Zusammenziehung der Wörter und die gefügigere Construktion der Sätze sehr erleichtert wurde. Daß aber dessenungeachtet auch den Dichtern jener Zeit die so sehr häufige Anwendung des gleichen Reimes Schwierigkeiten bereitete, dafür zeugen die nicht seltenen Wiederholungen[1]) derselben Gedanken und Worte, sowie die zuweilen als Lückenbüßer[2]) eingeschobenen Verse, welche unserem Geschmacke widersprechen. Den Grund aber für diese Art zu dichten möchte ich darin suchen, daß sich im Mittelalter im Minnegesang außer der Lyrik auch noch jenes künstlerische Element auszusprechen suchte, welches unsere Zeit in ebenso weiter Ausdehnung in der Instrumentalmusik zur Erscheinung bringt, eine Kunstart, welche in dieser getrennten Form im Mittelalter nur wenig ausgebildet war, und meistens nur als Tanz- und Kriegsmusik bestand. Demzufolge haben wir in diesen kunstreichen Reimen und Strophengebäuden nicht eine leere Wortspielerei, sondern den Ausdruck hoher Begeisterung anzuerkennen und hiermit

---

1) Solche Wiederholungen gleicher Gedanken und Worte finden sich u. A. in den Sprüchen IV Z. 2 u. 3; VI Z. 7 u. 8; VIII Z. 4 u. 16; X Z. 16, 18 u. 20; in den Liedern VIII Z. 17 u. 19.

2) Verse als Lückenbüßer finden sich Spruch I Z. 8; VII Z. 8, 10, 12; Lied I Z. 8; VIII Z. 20; XI Z. 20.

im Einklange habe ich auch in der Uebersetzung vorzugsweise die Anordnung der Reime¹) und Strophen des Originals zur Geltung gebracht und beiden das Wort und Satzgefüge, sowie das Versmaaß untergeordnet. Hierbei erschien aber noch eine doppelte Art des Verfahrens nothwendig, welche durch den Inhalt der Dichtungen bedingt war.

Die Lieder (I—XIV) zerfallen in Minne-, Maien- und Herbst-Gesänge²), die Sprüche (I—XIII) in: Geistliche Lieder, Gleichnisse, Sittenregeln, Lobsprüche und Räthsel³). Unter diesen zeigen nun die Sprüche nicht nur im Geistlichen Liede, sondern auch in den übrigen Formen denselben Ton, welcher sich noch jetzt, nach mehr als 500 Jahren, in unsern Kirchenliedern erhalten hat. Da überdies für dieselben ein einfacherer Strophenbau üblich war, so ließ sich in ihnen meistens auch der Wort- und Gedankengang des fürstlichen Dichters mit ziemlicher Treue bewahren. Ebenso konnten auch, da sich die Anschauung von der ewig gleichen Schönheit der Natur selbst nach Verlauf eines halben Jahrtausends wenig geändert hat, manche landschaftliche Schilderungen der Maienlieder nach dem Wortlaute des Originals gebildet werden. Eine andere Behandlung erforderte dagegen das Minnelied. Auf diesem Gebiete ist unsere neuere Litteratur, namentlich nach Goethes Vorgange, so reich entwickelt, daß unser poetischer Geschmack von dem der Minnesänger wesentlich abweicht, und daß mancher Ausdruck, welcher ihnen als tiefe Empfindung galt, uns, in derselben Weise übersetzt, als anstößig oder komisch erscheinen würde. In dieser Beziehung waren nicht nur die oben erwähnten Wiederholungen und Lückenbüßer-Verse zu vermeiden, sondern es mußten auch häufig andere Bilder

---

1) Nur an wenigen Stellen habe ich, um den Wortsinn des Originals zu erhalten, die unreinen Reime „Sonne" und „tönne", sowie „Felde" und „schelte" gewählt; um so eher, als auch Wizlaw, wenn auch äußerst selten, unreine Reime hat u. A. Lied IX kulde — halde — gode.

2) Minnelieder sind I—VI, Maienlieder VII—XII, Herbst- und Winterlieder XIII—XIV.

3) Von den Sprüchen, welche vorzugsweise der didaktischen Poesie angehören, sind Geistliche Lieder II, VI, XI, Gleichnisse III, VII, Sittenregeln I, VIII, X, XII, XIII, Lobsprüche IV, IX, Räthsel V.

und Gedanken¹) gewählt werden, welche vom Original zwar gänzlich abweichen, dafür aber einen ähnlichen Eindruck auf unseren Geschmack ausüben, wie ihn Wizlaw mit den Worten seiner Dichtung beabsichtigte. Diese Aenderung war um so nöthiger, als einerseits bei der Unsicherheit des Textes, andererseits bei der verschiedenen Umlautung der Vokale und der Lautverschiebung der Consonanten, welche das Niederdeutsche vom Hochdeutschen unterscheiden, auch, selbst beim strengsten Festhalten²) an dem ursprünglichen Worte der Dichtung, dennoch kein gleicher Reim hätte erzielt werden können. Wo es dagegen möglich war, sämmtliche Gesichtspunkte: Wort und Satz, Versmaaß und Reim mit Strophenbau und poetischer Tendenz im Nachbilden zu vereinigen, da habe ich allen gerecht zu werden versucht.

Fragen wir nun schließlich nach dem **dichterischen Gehalte** der einzelnen Lieder und wie sich darin das Wesen des fürstlichen Dichters offenbart, so zeigt sich die auffallende Erscheinung, daß, mit Ausnahme des Lobspruches (Spruch IX) auf den Grafen von **Holstein**, jeder Anklang an Wizlaws persönliche Verhältnisse und seine Rügisch-Pommersche Heimat³) fehlt. Es muß sogar bei der ganz allgemeinen Haltung der Minnelieder zweifelhaft bleiben, ob dieselben an des Fürsten erste Gattin **Margarete**⁴) oder an **Agnes**, Gräfin von Ruppin und Lin-

---

1) Solche Aenderungen waren namentlich nöthig **Spruch** II 16, IV 8, X 8; Lied V 21, VII 21-22, VIII 28, IX 28, 30, X 12, 15—16, 27—30, XI 6-9, 16—18, 22, 28, XII 24, 46-48, XIII 20.

2) In dieser Beziehung waren namentlich die 6 dreifachen Reime in Lied X durch andere zu ersetzen.

3) Die Erwähnung des **Maifrostes** in Lied IX und XI, sowie der **Gänse und Fische** in Lied XIV, scheinen, obwohl beide Theile in Rügisch-Pommern heimisch sind, in ihrer allgemeinen Fassung kaum als specielle Lokal-Anklänge gelten zu können; vielmehr weist die Erwähnung der „alven" in Lied X 9 eher auf Süddeutsche Landschaft.

4) Vgl. Fabricius Urk. z. G. d. F. Rügen IV, Abth. 4, p. 122, wo angegeben ist, daß urkundliche Nachrichten über ihre Abstammung fehlen. Die unrichtige Angabe bei v. d. Hagen a. a. O. IV, 717 und Ettmüller p. 8, daß sie eine Tochter von Mestevin von Pommern gewesen sei, beruht wohl auf einer Verwechselung mit Jaromars II und Wizlaws I Gattin. Der Lobspruch auf den Grafen von Holstein läßt die Vermuthung zu, daß sie diesem Geschlechte entsproß.

dow, mit welcher er in zweiter Ehe vermählt war, oder an eine dritte unbestimmte Persönlichkeit gerichtet sind. Da sich jedoch der Fürst in Lied VIII „Wizlaw de Junge" nennt, so fallen wahrscheinlich auch die anderen Gedichte in sein früheres[1]) Lebensalter c. 1287, und scheinen demnach, da die Fürstin Margarete erst i. J. 1305 urkundlich erwähnt wird, nicht an seine Gemahlinnen, sondern an eine unbekannte Geliebte seiner Jugend gerichtet zu sein. Aus diesem jugendlichen Alter läßt sich auch der Mangel aller heimatlichen und persönlichen Anklänge, sowie auch die Erscheinung erklären, daß der Fürst in seinen Dichtungen, sowohl nach Gedanken als auch nach Form ganz der Schule des **Mittelhochdeutschen** Minnegesanges angehört. Wie groß diese Uebereinstimmung ist, erkennen wir am deutlichsten, wenn wir die beiden erhaltenen Minnelieder Conradins von Hohenstaufen[2]), eines etwas älteren Zeitgenoßen (1252—68) vergleichen, welche ich ebenfalls in Neuhochdeutscher Uebersetzung mittheile:

Conradins Minnelied.

Soll ich nun klagen
  Der Heide,
  Wie von Kummer schwer
  Ich in Minne Noth
  Stets nur Schmerzen gewinne!
Ich muß verzagen
  Von Leide,
  Und bin freudenleer:
  Ihr Mund so roth
  Beraubet mich der Sinne!
Wie sollt' ich Freude wohl von ihr erwerben,
  Der ich vor allen Frauen Minne hab' geweiht:
  Läßt sie mich heut'
  Vor Minne doch verderben!

---

[1]) Wizlaw III wird zuerst i. J. 1283 als mündig erwähnt (Fabricius Urk. CLVIII. Nr. 247). Da seine Bezeichnung Wizlaw de Junge andeutet, daß sein Vater Wizlaw II noch lebte, so fallen die Gedichte demnach in des Vaters Regierungszeit v. J. 1260–1302.

[2]) Vgl. v. d. Hagen I, p. 4, Nr. 2. IV 8.

Wäre sie dem Fleh'n
>	Der Treue,
>	Die mein Herz erfüllt,
>	Doch zur Huld gewillt:
>		Dann wär mein Glück geborgen!
Bald wird's gescheh'n,
>	Daß Reue
>	Sie im Herzen fühlt:
>	Dann sind gestillt
>		Wohl endlich meine Sorgen,
Die lang umfangen hielten mein Gemüthe;
Für ewig hab' ich meine Dienste ihr geweiht,
Drum im Minne-Leid
>	Tröste mich der Geliebten Güte!

Conradins Maienlied.

Ich freue mich mannicher Blumen roth,
>	Die uns der Maie bringen will,
>	Die standen lang in großer Noth,
>	Der Winter that des Leides viel,
>		Nun wird uns der Mai ergötzen wol
>		Mit manchem wonniglichen Tage, des ist die Welt gar freudenvoll!
Doch was hilft mir die Sommerzeit
>	Und ihre lichten langen Tage:
>	Ich brauche Trost für Minne-Leid,
>	Von der ich großen Kummer trage.
>		Möcht' sie mir geben hohen Muth,
>		So dankt' ich ihrer edlen Huld und meine Freude würde gut!
Doch wenn ich mich von der Lieben scheide,
>	Gäb's wohl ein traurigeres Geschick —
>	Weh mir, dann stürbe ich gar bald von Leide,
>	Denn erst mit ihr begann mein Glück.
>		Noch wußt' ich nicht, was Minneleiden sind:
>		Mich läßt's die Liebe schwer entgelten, daß ich an Jahren bin ein Kind!

Daß Wizlaw, wie v. d. Hagen (IV, 719) vermuthet, ein Schüler des „Ungelarden"[1]) eines unbekannten Minnesängers, dessen „senende wise" er in Lied II nach seiner eigenen Angabe nachahmte, gewesen, läßt sich annehmen, aber freilich ebenso wenig beweisen, als widerlegen, wie Ettmüller a. a. O. p. 74—75 versuchte.

---

1) Aehnlichen Beinamen führte „Der Unverzagete". v. d. Hagen IV 713.

Betrachten wir nun Wizlaws Gedichte im Einzelnen, so tritt seine Litterarische Bildung, abgesehen von der Sorgfalt, mit welcher er nach obiger Angabe (Lied II) die senende wise des Ungelarden zum Muster nimmt, in dem Traume Nebukadnezars (Spruch VII) nach dem Propheten Daniel II, 31 – 45; im Lobspruche (Spruch IV) auf die Selbstopferung des Marcus Curtius nach Livius VII, 6; sowie in der Erwähnung der Planeten (Lied X, 12), der Wünschelruthe (Lied II, 13) und der gelehrten Litteratur „boke" (Spruch VIII, 13) hervor. Andererseits zeigt sich in den Geistlichen Liedern und Gleichnißen dieselbe religiöse Wärme und Zuversicht, wie in unseren älteren Kirchengesängen. Solche diesen entsprechende Gedanken und Bilder finden sich im Ave Maria (Spruch II); im Gebet zum Heilande (VI); im Bußlied zur Osterzeit (XI); im Gleichniße vom Hausbau (III) und der Erklärung von Nebukadnezars Traum (VII), welche beide die Hinfälligkeit menschlichen Schaffens im Gegensatz zur Allmacht Gottes schildern. Letzterer Spruch, in dem Wizlaw die Noth des eisernen Zeitalters, welches dem goldenen und silbernen gefolgt sei, beklagt, und jenes in seine Gegenwart verlegt:

Dit is bi usen tiden schen,
Dat klagen kristen heden —,

sowie Spruch I, in welchem die Auflösung aller sittlichen Bande und jeglichen Vertrauens als Mahnung zur Buße hingestellt wird, können, jenachdem wir die Sprüche in die Jugend oder das höhere Alter des fürstlichen Dichters verlegen, sowohl auf die Zeit vor dem Rostocker Landfrieden i. J. 1287, oder auf die Kriege v. J. 1314—17 bezogen werden, laßen aber auch bei ihrer allgemeinen Faßung und, in Rücksicht der Erwähnung der Heiden, eine Deutung auf die Kreuzzüge u. A. zu. In den übrigen Sitten- und Lob-Sprüchen in der Warnung vor dem Schicksalsglauben (VIII), vor Neid (X), vor Uebermuth (XII) und der Mahnung zum Edelmuthe (XIII) zeigt sich, im Gegensatze zu dieser gedrückten Stimmung, eine hohe sittliche Kraft und ein verständiges Urtheil; ebenso eine bereitwillige Anerkennung fremden Verdienstes und ein feines Ehrgefühl in den Lobsprüchen auf Marcus Curtius (IV) und den Grafen von Holstein (Spruch IX. Vgl. auch Lied VIII, 18). Der Humor des Dichters und seine scherzhafte Redeweise tritt im Räthsel (V) sowie in Spruch XII hervor, wo er mit dem Wunsche schließt, daß der übermüthige Mann durch Weiberbosheit gezähmt werden möge. In den Liedern (IX u. XI) zeigt sich der Humor in Schilderung des Maienfrostes, der die Frauen zu winterlicher Kleidung zwingt, sowie in der Freude, welche Männer und Frauen beim Aufhören der Kälte an den geschmückten Sommerkleidern aussprechen; endlich auch in der Wohlgefälligkeit, mit welcher (XIV) sämmtliche Gaben des Herbstes: Bier, Meth, Wein, Rinder, Gänse, fette Schweine, Hühner und Fische aufgezählt werden.

Wizlaws dichterische Begabung, die hohe Schönheit der Gedanken und der Sprache kommt aber zu ihrer vollen Entwicklung und Geltung weniger in den Sprüchen, als in den Minne- und Maien-Liedern (Lied I — XIII), in welchen der Reiz des erwachenden Frühlings und die demselben so innig verwandte Empfindung für weibliche Schönheit und Liebe[1]) mit der höchsten Begeisterung geschildert sind.

Alle Gedanken und Bilder, welche den Sinn der Jugend erfüllen, sind in ihnen verherrlicht: der Minne Treue (Lied I), Sehnsucht[2]) (II), Freude (III), die Minne-Göttin und ihre Liebeswage, der Liebespfeil, welcher das Herz trifft (IV), die Liebesflamme, welche im Auge leuchtet und zündet (IV, VII), das Bild der Geliebten im Geist (IV) und im Traum (VI); der Abschied beim Ruf des Wächters (V); Eintracht und Zwietracht (XI und XII); die Klage über Sprödigkeit (VII, VIII, X); die Bilder: der Minne Pfand (VI, 18), der Minne Dieb (VII, 35), der Minne Spiegel, Minnenbild (X, 19), der Minne Umstrickung „knop" (XII, 46), endlich der Minne Turnier „minnen-tjust" (XII, 31).

In den Maienliedern stellt der Dichter wiederholt zwischen Maien- und Minnen-Wonne Vergleichungen an (VIII, X, XI), in welchen er jedoch stets der Minne den Vorzug zuerkennt. Die-

---

1) Mit dieser begeisterten Empfindung für das weibliche Geschlecht steht jene Aeußerung vom „Weiberfluch, der Männer Bann" (Spruch XII) im entschiedenen Gegensatz.

2) In dieser Beziehung kommt auch die noch jetzt übliche Rede „Vor Liebe sterben und verderben" vor (Lied VI, 13, 25; X, 19—20), sowie die Bezeichnung der Liebe als Verscheucherin der Sorgen (X, 14, 29; XII, 39).

ſer gilt jedoch nur für die Tiefe der Empfindung, im Uebrigen erhält der Mai ebenſo hohe, wenn nicht höhere Lobſprüche, eine Erſcheinung, die ſich aus dem größeren Reichthum von Bildern[1]) erklärt, welche der landſchaftlichen Umgebung entnommen werden konnten. In dieſer Beziehung preiſt er den Mai theils im Allgemeinen als Beginn des Sommers und im Gegenſatz zum Winter (VII, 12), ferner des Maien Reich (VIII, 10), des Maien Blüthe (VIII, 25, X, 7), des Maien Sonne (XII, 14); theils werden die Freuden des Frühlings im Einzelnen ausgemalt: das friſche Grün des Laubes, der Geſang der Vögel, die Farbenpracht der Blumen (VII, VIII, X, XII), unter ihnen beſonders gelbe, rothe und weiße Blumen (XII, 6), Maienkränze (VII, 15), Quellen, Fluren und Höhen (X, 8), der Wettgeſang mit den Vögeln und zum Tanze (VIII, 12, 32), der Reigen feſtlich geſchmückter Frauen (VII, 16, VIII, 33, XII, 20—24), mit reich geſticktem Fahnen-Schmuck verglichen (VII, 21); Wangen und Mund glühen wie Rubine (VII, 20, IX, 31), wie Roſen (XIII, 16), von würzigem Dufte umgeben (XIII, 20). Seltener wird männliche Kraft und Tapferkeit geprieſen, ſo im Mailied der Helden (VIII) und das Turnier (XII, 19).

In den Liedern des Herbſtes und Winters erklingt ein wehmüthiger Abſchied von der ſchönen Jahreszeit, beim Abfallen des Laubes, beim Verwelken der Blumen, beim Anblick der kahlen Bäume (XIII), Kälte und Froſt (VII, 9, IX, 10), Schnee (VII, 7), Eis und Sturm (XI, 4) und Reif laßen die Wurzel der Bäume erſtarren (XIII, 7). Dagegen werden auch die reichen Gaben des Herbſtes (XIV) und die Minne als Troſt des Winters (IX, 20, XIII, 14) geprieſen.

Dieſe überall ſichtbare Begeiſterung für das Schöne und Edle, dieſes reiche und mannigfaltige Gemälde landſchaftlicher

---

1) Ein beſonderer Vorzug von Wizlaws Minneliedern iſt der, daß er, nach dem Muſter der älteren Meiſter, ſeine Gedanken und Bilder ſtets aus der geiſtigen Empfindung der Liebe und vom Antlitze der Geliebten nimmt, jedes lüſterne Ausmalen des weiblichen Körpers, welches den ſpäteren Schulen eigenthümlich iſt, aber vermeidet. Daß er in manchen Liedern (V, IX, XI) ſeine Wünſche deutlicher ausſpricht, als unſer Geſchmack es billigt, lag in der naiven Anſchauung ſeiner Zeit, iſt aber von Frivolität völlig fern.

Pracht und weiblicher Anmuth geben dem fürstlichen Dichter nicht nur in unserer Rügisch-Pommerschen Heimat, sondern auch überhaupt in der Deutschen Litteratur eine sehr hervorragende Stellung. Demgemäß blicken wir nicht nur in unserem engeren Vaterlande mit Stolz auf Wizlaw, den Sängerfürsten, sondern auch bewährte Meister des Minnegesanges, welche seine Zeitgenoßen waren, namentlich Heinrich von Meißen[1]) gen. Frauenlob (1270—1317) und Goldener[2]) (1280—95) haben ihn mit den höchsten Lobsprüchen verherrlicht, welche ich gleichfalls in Neuhochdeutscher Uebersetzung mittheile:

Frauenlobs Spruch
auf den Fürsten Wizlaw III von Rügen.

Wohlauf, mein Herz, bereite dich ein Lob zu singen,
    Hold mag sie klingen
  Die künstlerische Spende!
  Wem ich Lob zuwende,
Der, hoff' ich, nimmt's als willkommne Gabe meiner Hände,
    Die schöner noch, als lautrer Wein, seinen Lippen munde!
Unwürd'ges schau'n, färbt ihm die Stirn mit edler Glut,
    Der Engel Muth
  Hat er zu guten Werken,
  Die Tugend wird ihn stärken,
Nie wird der Menschen Blick unedle Neigung an ihm merken,
    Darum sein Lob sich überall verbreite in der Runde.
Zu seinem Preis ich mich ermannt,
  Daß ich der Menge dies bekannt,
  Er sei genannt,
  Es sei gesandt
  Sein Lob in aller Herren Land —
  Mein Wort dafür als Unterpfand —
    Held Wizlaw dem Jungen von Rügen ertön's aus Herzens Grunde.

---

1) Vgl. v. d. Hagen, Minnesänger III, p. 123, Nr. 53; IV, 730; Ettmüller a. a. O. p. 16.
2) Vgl. v. d. Hagen III, p. 52, Nr. 1; IV, 715;
    Ettmüller a. a. O. p. 16.

Tritt bei Frauenlobs Spruch in mancher Beziehung eine gekünstelte Redeweise und ein mehr gelehrter Schulgeschmack hervor, der vielleicht dadurch bedingt wurde, daß derselbe sehr häufig fürstlichen Personen seine Lobsprüche [1]) spendete, so ist dagegen der folgende Spruch Goldeners nicht nur gänzlich von diesen Mängeln frei, sondern gehört auch an Reichthum der Gedanken und an Schönheit der Sprache zu den edelsten Blüthen der Deutschen Litteratur im Mittelalter.

Goldeners Lobspruch
auf den Fürsten Wizlaw III von Rügen.

Im Ehrengarten ward ein Kranz
Gewunden fein und hell von Glanz,
 Daß er die Thaten hoher Fürsten lohne:
Wer treu und weise, muthentflammt,
Ehrwürdigem Geschlecht entflammt,
 Empfange den Preis, den schmücke diese Krone!
Die Treue, Reinheit, der Sitte Huld
 Als Blüthen sind sie eingewebt dem Kranze,
Die Milde und der Mäßigkeit Geduld
 An ihm erglühn im unbefleckten Glanze:
Da fragt' ich Ritter und Frauen „Wer soll ihn tragen?"
„Wer ist es, dem Euer Spruch ihn zuerkannte?"
 Sie sprachen „Das liegt wohl am Tag:"
 „Den Kranz in Ehren tragen mag"
„Wizlaw der junge Held im Rügenlande!"

---

1) Vgl. v. d. Hagen, Minnesänger IV, 732. Auch mochte er sich bei Abfaßung des Spruches als fahrender Sänger am Hofe Wizlaws aufhalten. Vgl. Goedeke, Grundr. z. G. d. Deutschen Dichtung. 2. Asg. I. p. 72, § 79.

Lieder
des Fürsten Wizlaw III von Rügen.

Minnelieder.

Der Minne Treue.
I (13) p. 36.

Hoch preise ich dich in meiner Treue,
   Die ich dich lieblich sah vor meinen Blicken,
Sein mein, Geliebte, mich allein erfreue
   Mit allen Reizen, die dein Wesen schmücken.
Wer möchte Liebe dir vergilten,
   Als Gott, des Gnaden dich behüten.
   Wohl muß ich auch Gnade mir erflehen,
Soll vor Minne dein ich nicht vergehen.

Die Ueberschriften der Lieder, welche den wesentlichen Inhalt derselben angeben, fehlen in der Handschrift, und sind von mir hinzugefügt. Die Römischen Zahlen bezeichnen die Reihenfolge in der Ausgabe von Ettmüller in der Bibliothek der Deutschen Nationallitteratur, die Arabischen Zahlen in Klammern die Reihenfolge in den Minnesängern, hg. von v. d. Hagen, Th. III, p. 78, Nr. 23.

   I (13) Z. 1 l. i. O. Ik parrere dik dorch mine trowe.

   Z. 3 l. i. O. Hertetrude, se, min enfar frowe; i. M. Hertze trude sich min eyn par frowe; Ettmüllers Conjectur enfar, d. h. „einfarbig, einzig, treu", wie koperfar in Wizlaws Spruch VII (7) p. 30, Z. 22 gebildet, scheint mir richtig zu sein.

Der Minne Klage,
nach der Weise des Ungelarben.

II (14) p. 36.

Der Ungelehrte
   Hat gedichtet sehnsüchtige Weisen:
   Wahrlich ich leide große Noth,
      Eh ich vollendet solch' klagende Töne.
Wie's mich beschwerte,
   So in der Kunst des Gesanges zu preisen,
   Solch ein Lied mir noch nie sich bot,
      Aber nun dünkt's mich von doppelter Schöne.
Nun ist's vollbracht, denn mich beherrscht der Liebe Allgewalt,
   Für die Männer und die Frauen und zur Lust für Jung und Alt
      Singe ich jetzt gern sehnsüchtige Weisen,
      Ewig schön und köstlich hoch zu preisen,
   Herz sei froh: wie durch Zauber seh ich meine Kunst vollenden,
   Freuet Alle Euch mit mir: ich vermag der Liebe süßen Boten
          jetzt zu senden.

Der Minne Freude.

III (15) p. 37.

Nun ich sehnsüchtige Weisen vollendet,
   Sei mir Freude gespendet,
      Darnach streben Herz und Sinn.
Daß ich möchte leben ohne Sorgen,
   Wäre im Glück geborgen,
      Hoher Muth wär mein Gewinn.
So bewält'ge ich die sehnenden Weisen,
   Daß ich hoch zu preisen,
      Freudig wohl bis zum Alter des Greisen
      Ohne Sorge bin.

II (14) Z. 13 l. i. O. Nu hest gangen miner kunste rode d. h. Wünschelruthe, Zauberstab.

III (15). Dies Minnelied ist mit Lied IV (16—17) in der Ausgabe v. d. Hagens p. 81 zu Einem Liede Nr. V vereinigt. Nach Ettmüller a. a. O. p. 75 fehlt jedoch jeder Zusammenhang zwischen denselben.

Der Minne Wage.
IV (16—17) p. 37.

Ein lieblich Fest, von hoher Würde begleitet,
    Hat Minne mir bereitet;
        So oft ich denke dieser Pracht:
Seh ich ihr Bild in holden Zügen
    Im Geist vorüberfliegen,
        Es trifft mich ins Herz mit Macht.
Sie glänzet so klar als wie die Sonne,
    Gibt es höh're Wonne!
        Ich wähn', ihre Schönheit zwingen könne
    Minne — Göttins Macht.

Sie traf mich tief ins Herz mit ihren Blicken,
    Die Flammen voll Entzücken
        Mir in meine Augen senden.
So beraubte sie mich fast der Sinne,
    Ein Bild der holden Minne,
        Ich bin ganz in ihren Händen.
Wird Frau Minne gleich die Wage stellen,
    Gleichen der Liebe Wellen,
        Dann wird sich die Holde mir gesellen;
    Lieb' wird Liebe spenden.

IV (16—17) Z. 1 „Ein lieblich Fest", i. O. En leflik aventure, i. M. Eyn leplich abentuore.

Z. 9 ist der unreine Reim „könne" nicht vermieden, um möglichst die Wirkung von Wizlaws Dichtung zu erhalten, welcher in diesen 3 Zeilen die Reime sunne — wunne — kunne gewählt hat.

Z. 10 l. i. O. Die de leve dreit d. h. die die Liebe schafft, also die Minnegöttin.

Z. 17 l. i. O. Swem de Leve like wage stellet.

Des Wächters Ruf.
V (19—21) p. 38.

Ein Ritter froh ohne Sorgen
    Wohl seine Braut umfing,
Schon nahte lichter Morgen,
    Des Wächters Ruf erging:
„Läßt du Minne dich umfahn,"
„Ich seh den lichten Morgen nah'n,"
„Es heben die Vögel zu singen schon an."

Der Ritter hört's voll Sorgen,
    Sprach zur Geliebten sein:
„Aufs Neue komme ich morgen,"
    „Dann bist du wieder mein."
Sie schlang um ihn den weißen Arm,
    Und küßt' ihn auf den Mund so warm:
    „Ach Ritter, in Liebe dich meiner erbarm."

Doch als es galt zu scheiden,
    Da war das Weinen groß,
Er schwor mit theuren Eiden:
    „Ich halt', was ich beschloß."
Doch sie weinte für und für,
    Sie sprach: „Geliebter bleib bei mir!"
    Er sprach: „Ja, morgen bleib ich hier!"

V (19—21) Z. 1—4 fehlen in der Handschrift und stehen in dieser Weise in Ettmüllers Ausgabe ergänzt.
    Z. 5 l. i. O. Lista in der Minne dro.
    Z. 21. Die Betheurung „Ja" lautet i. O. ane kif.

Der Minne Traum.
VI (23—25) p. 39.

Wie oft icht bacht'
  All diese Nacht
    An meine Liebessorgen!
Ihr gilt mein Thun,
  Läßt mich nicht ruhn
    Bis an den lichten Morgen.
Und träumend zu empfangen
  Der Minne Gruß,
  Des Mundes Kuß:
Stillt wonnig mein Verlangen.

Du holde Maid,
  Bist du geweiht,
    Daß du mich sollst verderben!
Wer Gunst begehrt:
  Von dir bescheert
    Wird Seligkeit er erben.
Drum spende frohe Kunde:
  Der Minne Pfand
  In meine Hand
Gib es aus Herzens Grunde!

Denn was ich sang:
  Noch nicht gelang
    Zu erben deine Minne.
Des leid ich Noth,
  Und bittren Tod
    Ich mir davon gewinne.
O höre doch mein Flehen,
  Denn ewiglich
  Wirst du für mich
In meinem Herzen stehen!

VI. Z. 3 groten swere. — Z. 5 komen tot ener werc. — Z. 11 sote frucht. — Z. 18 du minnen pant, i. M. phant. — Z. 20 herten grade. — Z. 25 erren dot, i. M. irren tot. — Z. 29—30 stat in minem herten midden.

Maienlieder.

Maienreigen.
VII (26—28) p. 40.

Die Erde ist erschloßen,
   Die Blumen sind entsproßen,
   Reich haben wir genoßen
      Von der Maienblüthe Duft.
Die Vögel schon lieblich singen,
   Hoch auf die Zweige sich schwingen,
   Und Freudengrüße bringen,
      Frei ist vom Reife die Luft.
Die Kälte ist verschwunden,
Wir haben schon gefunden
   Den Mai in voller Blüthe,
   Winter dich behüte!
   Sommer kommt ins Gemüthe!

Die Blumen sind gebunden,
   Die Kränze sind gewunden,
   Als Schmuck sind sie erfunden
      Zum Reigen den holden Frau'n.
Geröthet sind die Wangen,
   Vom Maienlichte umfangen
   Sie wie Rubine prangen,
      Im Farbenschmelze zu schau'n;
Ein Bild zum Schmuck erfunden,
Von Sorge zu gesunden:
   Hinschwebend über den Wiesengrund
   Spricht wonnig ihr rother Mund,
   Für alle Welt ein Freuden Fund.

Da brennen manche Herzen,
Entzündet gleich den Kerzen,
Von großer Minne Schmerzen:
    Holde Minne, sieh dich vor!
Umsonst wirst du dich wehren,
Wer wird daran sich kehren,
Du mußt die Gunst gewähren:
    Nicht spröde schließ das Thor
Vor deiner Minnen Diebe,
Nein, schenk ihm frohe Liebe;
Bist ja mein Glück alleine,
Süße Frau, du Reine,
Du bist's, die treu ich meine!

VII (26—28). Z. 4 l. i. O. Usen bosem sol als er. Für „Füllen des Busens" mit Maienblumen wurde der Genuß „Von der Maienblüthe Duft" gewählt.

Z. 14—15 „Gebunden" und „Gewunden" i. O. Gewirot und Gepirot (i. M. Gephiret). Vgl. Brem. Wb.

Z. 17 „Reigen" i. O. plan, i. M. phlan.

Z. 21—22 l. i. O. Here, welk ein rike san Dar ut so wirt gesticket. Das Gleichniß einer „gestickten reichen Fahne" für den Schmuck des Frauenreigens ließ sich nicht leicht in unserer Sprache darstellen, und ist dasselbe durch verwandte Ausdrücke „Farbenschmelz", „Bild" und „Schmuck" wiedergegeben.

Z. 24 „Wiesengrund" i. O. plan.

Z. 34 „spröde" i. O. spe.

Wizlaws des Jungen
Mailied der Helden.
VIII (29—31) p. 42.

Wohl auf, Ihr stolzen Held'en,
   Nun eilet Euch zu melden
Zu des Maien-Felden,
Nicht achtet, die Euch schelten,
   Denn die Zeit ist wonnegleich.

Die Bäume sind gekrönet,
   Der Zweig mit Laub verschönet,
Der Vögel Gesang ertönet,
Nicht achtet, wer Euch höhnet,
   Es blühet des Maien Reich.

Jetzt tretet auf des Angers Plan, es töne
   Nun mit den Vögeln neuer süßer Wettgesang,
Und des Maien Frühlingsseligkeit verschöne
   Euren Muth,
   Wenn im Arm der süßen Frau ihr ruht.

Der Mai hat uns gegeben
Mit sich ein fröhlich Leben,
Nach Ehrenglanz zu streben,
In Freuden zu schweben:
   Drum singet dem Maien Dank!

Wenn der Mai sich erschließet,
   Uns der Vögel Gesang begrüßet,
Und das Leben versüßet,
Auch uns kein Kummer verdrießet,
   Dann lobet des Maien Blüthe!

Doch wenn uns holde Frauen,
   Minniglich anschauen:
Dann flieht der Mai ohn' Grauen,
Sie mögen erbauen
   Uns schöner als Maien Güte!

Nun haben wir beide, Frauen und Maien,
  Nun tanzet und springet beim Festgesange,
Immer mögt Ihr des Lebens Euch freuen,
  Ohne Harm
    Ruhet die Braut in Mannes Arm.
Zagt nicht, ob wahr ich riethe,
Nicht wehrt des Herzens Güte,
Kommt fröhlich im Gemüthe —
Bald welkt Maien Blüthe:
  Drum folgt dem wonnigen Klange!

Magst du dich zu mir wenden,
  Wirst du mir Freude senden,
  Mit deinen zarten Händen
  Ein Band der Freude spenden:
    O daß du mich erhörtest!
Lange habe ich gesungen,
  Hoch ist dein Lob erklungen,
  Doch ist's mir nicht gelungen,
  Nimmer hab ich es errungen,
    Daß du mir Huld gewährtest.
Woher die Macht in deinem Herzen, Fraue,
  Daß ich von deiner Minne nicht genesen mag.
Du bleibest meiner Freude Bild, ich schaue
  Holde dich,
    Vor allen Frau'n beglückst du mich.
Wizlaw der Junge singet
Dies Lied — sein Herz es dir bringet.
Und endlich doch's gelinget,
So sehr sie sich auch zwinget,
  Daß heut' sei mein Freudentag.

VIII. Z. 21 Do meije sik blotet, i. M. bluozet, n. E. sich blößen d. h. sich zeigen, sich erschließen.

Z. 25 ist des Maien blot, i. M. bluot wohl weniger mit Ettmüller als Blut, sondern wohl als Blüte zu fassen. Ich habe deshalb, obwohl abweichend von Wizlaws männlichen Reimen blot und Z. 30 got, die weiblichen Reime „Blüthe" und „Güte" gewählt. — Z. 37 „Herzens Güte" i. O. herten grade.

Maifrost.
IX (32—34) p. 44.

Mai, komm endlich doch ins Land,
   Du wirst nie zu früh gesandt:
     Wir zagen!
Frauen schließen dicht ihr Kleid,
   Das ist mir von Herzen leid,
     Wir klagen!
Ihre Festgewänder sie nicht zieren,
Ach, Mai, das kannst nur du zu Ende führen.
   Sieh, Mäntel ziehn sie um die Brust,
   Winter, das ist arge Lust
     Von Kälte.

Huldigung schwör ich dir gern,
   Doch halt diesen Frost uns fern:
     Das laße!
Doch es ist dein' alte Plag',
   Daß wir müßen unter Dach:
     Ich haße
All das schwere Leid, mit dem du höhnest,
Nur damit, Winter, einzig du versöhnest:
   Das ist freudenlange Nacht,
   Die dich hat zur Huld gebracht:
     Die halte!

Also müßt' es immer sein,
   Frauen lichter Augenschein
     Erfreuet.
Liebesglück werd' uns zu Theil,
   Täglich jubelnd sei unser Heil
     Erneuet.
Wenn mich alsdann ihr holdes Wort beglücket,
Seligkeit mein ganzes Sein entzücket:
   Ruf ich: Du holder rother Mund,
   Heil, Heil, Heil zu aller Stund'!
     Gott mit dir.

IX. Z. 11, 22, 33: die unreinen Reime „Kälte", „halte", „mit dir"
i. O. Fan kulde — Dat halde — Mit gode. — Z. 27 „Jubelnd Heil" i. O.
hel, dat kraket. — Z. 30 „mein ganzes Sein" i. O. al mine lit.

Maienfrostes Ende.
XI (38—40) p. 47.

Wohlan, Herr Mai, ich gebe jetzt Euch hohe Ehren,
   Nun schreitet meine Frau im Festgewande;
Jetzt schmückst du sie — nicht länger durft' es währen,
   Daß Schnee und Eis und Sturm beherrscht' die Lande.
Erschlossen ist der Schrein,
   Ihr Kleid schmückt Edelstein;
     Sie trat zur Thür,
   Und lächelnd sprach sie dann zu mir:
   „Geliebter, gefall ich dir?"

Es weiß meine Frau, ich lobe den Maien,
   Doch wahr ist's, daß lieber von ihr ich höre,
Sie ersinnt ja mit Liebe mich stets zu erfreuen,
   Sie ist's, die ich unter Tausend erköre.
Wo gibt es auf Erden hier
   Unter'm Himmel solche Zier
     Von Lieblichkeit,
       Die Gottes Güte ihr verleiht
       Als schönstes Ehrenkleid!

Wollte mein Wille jemals hart ihr scheinen,
   Gern ließe ich der Wünsche höchsten schwinden:
O möcht' mein Wille sich mit ihr vereinen,
   Im ew'gen Bunde Herz zum Herzen sich finden.
Leicht ist der Wunsch gestillt,
   Bald sich mein Glück erfüllt.
     Nah ist die Zeit,
   Daß ihre Liebe mich erfreut,
   Holde Wonne ist bereit.

XI. Dies Lied ist dem Liede X (35—37) vorangestellt, da es sich scheinbar an Lied IX (32—34) anschließt. — Z. 3 „Jetzt schmückst du sie" i. O. Gi snit er klet. — Z. 6 l. i. O. Min frowe makt sin fin. — Z. 8—9 lautet Als of se spreko: Set mik an — Gi megede, wif und man. Es schien unserem poetischen Geschmack angemessener, statt der Vielheit hier die Eine Person des Geliebten zu setzen. — Z. 16—18 und 23—27 bedurften ebenfalls einer freieren Uebersetzung. — Z. 22 „Im ew'gen Bunde" i. O. in enem bedde.

Maienfonne — Minnenwonne.
X (35—37) p. 46.

Seht, Wald und Flur stehn schon bereit
    Mit wonnereichem Farbenkleid,
        Weit
    Hallen lieblicher Vögel Töne.
Sie üben ihren süßen Schall
    Mit frohem Herzen überall —
        Thal
    Und Hügel prangt in Blüthen Schöne.
Springt — Singt — Klingt,
    Rauschen des Maien Wellen —
        Quellen
        Schwellen
    Seht, Freude tönt ringsum von Flur und Felsenstegen
        Mir entgegen!

Viel Segen ruht auf grünen Au'n,
    Die Gottes Hände uns erbau'n,
        Traun —
    Wonnig ist die Augenweide.
Sie scheuchen aller Sorgen Spur,
    Doch Schöneres erschuf Natur:
        Nur —
    Wer ein Weib liebt, hat die Freude.
Trau — Schau — Bau
    Auf dich, holde Meine —
        Scheine
        Deine
    Huld auf mich, du Minnenbild, o laß mich nicht verderben,
        Sonst muß ich sterben!

Minne, allzugroß ist deine Huld,
  Fast sterbe ich vor Ungebuld:
    Schuld
    Trägst du an dem Liebesspiele
Du bist es, die mich so bezwingt,
  Die mir tröstliche Freuden bringt,
    Singt
    Ihr dankend als Glückesziele
Hört — Ehrt — Schwört —
  Lob und Dank dich grüße —
    Fließe
    Sprieße
Liebeswort — Höher dich zu preisen diesen Tag
  Wizlaw nicht vermag!

X (35—37). Z. 9, 22, 35: die männlichen Reime Wizlaws lauten Ho — Fro — So; Wan — San — Han; Snel — Hel — Gel.

Z. 10—11, 23—24, 36—37: die weiblichen Reime lauten Blode — Gode — Sode (d. h. Brunnen); Mine — Schine — Dine; Namen — Samen — Ramen. Sämmtliche Reime ließen sich aber mit Ausnahme von Mine — Schine — Dine nicht anwenden.

Z. 12 „Felsenstegen", i. D. up alven, i. M. uph aiben. „ringsum", i. D. widenthalven.

Z. 15 l. i. D. So it got den planeten git, was sich nicht in dieser Weise übersetzen ließ.

Z. 17 „Augenweide", i. D. wunnend ogen blicke.

Z. 18 „scheuchen Sorgen", i. D. letfordrif, i. M. leytvuortrip.

Z. 20—21 l. i. D. lif heddik nicht, ne dedens dicke, welches in positiver Weise ausgedrückt ist.

Z. 25 „Minnenbild", i. D. Minnenspegel.

Z. 30 „Liebesspiel", i. D. Spil bistu.

Z. 39 lautet i. D. Wislaw dit scrif, i. M. Wizlau diz scrip. Diese Worte sind, außer Lied VIII Z. 56, ein anderer Beweis, daß diese Lieder von Wizlaw gedichtet sind.

Der Minne Turnier.
XII (41—43) p. 48.

Die Vögel sing'n
   Und auf des Maien Laub sich schwing'n,
   Laut die süßen Töne kling'n
      Lockend zum Gemüthe.
Der Lenz erneut
   Schon der Flur ihr Farbenkleid,
   Gelb, roth und weiß er Blumen streut
      In des Laubes Blüthe.
Hold anzuschau'n
   Liegen reich geschmückt die Au'n,
   Jung und Alten, Mann und Frau'n
      Rechte Augenweide.
Was der Maie erschließt,
   Reich im Sonnenscheine ersprießt;
   Wen der Arm der Liebe umschließt,
      Der hat Herzensfreude.

Nun rüstet hier
   Mit der Waffen edeler Zier
   Reiterschaaren und Turnier
      Euch zum Ruhmeskranze!
Kehrt Ihr zurück,
   Dann winkt Euch der Freude Glück
   Aus der holden Frauen Blick,
      Die geschmückt zum Tanze.
Tragt hohen Muth,
   Wenn ihr Auge auf Euch ruht,
   Winket Euch das höchste Gut,
      Das Euch kann belohnen.
Regt sich Lustgefühl,
   Wähle ich ihr Herz als Ziel:
   Dann ist Minniglich-Kampfesspiel,
      Reich an Siegeskronen.

So leb ich gern,
　Sie sei meines Auges Stern,
　Alle Sorge sei uns fern:
　　Möcht' es ewig währen!
Laß, Vorbild mein,
　Deine Huld mein Führer sein,
　Lös mich von der Sorge Pein:
　　Du könnt'st mich entbehren.
Wer kennt die Zeit,
　Daß neidlos Minne uns erfreut!
　Manchen hat es schon gereut:
　　Habe drum Erbarmen!
Ganz umstrickt ich bin
　Von dem minniglichen Sinn:
　Ich such' Lebens Hochgewinn
　　Nur in deinen Armen!

XII (41—43). Z. 13—15 l. Wizlaws Reime untlukt — uptakt — untoukt.

Z. 19 Reiterschaaren und Turnier, i. O. behort, tornei openbar, unterscheiden sich in behort (mhd. buhurt) Kampf in Schaaren zu Roß, und tornei (mhd. turnei d. h. Turnier) Einzelkampf.

Z. 22 „Dann winkt Euch der Freude Glück" i. O. Z. 23 l. komt der sorgen up en ort d. h. Ende, Ecke.

Z. 24 l. i. O. Bi den witen swansen d. h. Tanzkleider, Ballschmuck.

Z. 30—31 l. i. O. Worpo mik up ere brust, dat dar worde en minnentjust d. h. Minne=Turnier. Tjust bedeutet eine Art Turnier, bei welchem man sich außer den Lanzen auch noch der Schwerter bediente; hier übertragen auf den Kampf der Minne.

Z. 36 i. O. Dit is doch fil spilde, n. E. trügerisch.

Z. 40 i. O. Du bist mir gar wilde, n. E. unbezähmt.

Z. 45 „Umstrickt", i. O. minnen knop.

Winter- und Herbst-Lieder.

Trost im Winter.
XIII (44—45) p. 50.

Die Blätter wehen
 Von den Bäumen in das Thal,
  Oed' ist's in den Zweigen.
Blumen vergehen,
 Kränze sind verwelket all',
  Die geschmückt den Reigen.
Es starrt der Bäume
 Wurzel von Reif und eis'gem Frost:
  Ernst wird mir im Sinn und betrübet.
Kommt holde Träume,
 Bringt dem Winter linden Trost,
  Neue Freude werde geübet.

Laßt uns begrüßen
 Tausend Freuden hier zur Stund',
  Mehr als Mai kann bringen!
Rosen ersprießen
 Auf der Frauen rothem Mund,
  Die laßt uns besingen!
Mag Winter toben —
 Ist doch um ihr Angesicht
  Aller Reize Duft gestreuet!
Sie sei erhoben —
 Höh're Wonne kenn' ich nicht,
  Wenn die Minnigliche mich erfreuet!

XIII (44—45). Z. 1 l. i. O. Lovere riset.

Z. 7—8 „Wurzel starrt", i. O. wortel sal.

Z. 17 „Frauen rother Mund", i. O. frowen roder ler b. h. Wange. Vgl. Brem. Wb.

Z. 20 „Aller Reize Duft", i. O. aller wortel smackes ger.

Herbstes Gabe.
XIV (46) p. 51.

Der Herbst bringt reicher Früchte Zier,
    Menschen, achtet ihn dafür;
So er kommt vor Eure Thür,
    Froher Dank erschalle.
Bier und Meth und guter Wein,
    Rinder, Gänse, fette Schwein' —
Muß des Menschen Herz erfreun,
    Hahn kräht uns im Stalle.
Was der Erde Schooß erschloß,
    Menschen, das für Euch entsproß,
    Selbst im Waßer die Fische,
Des mögen wir fröhlich leben hier;
Wem's Gott beschieden für und für,
    Der setze sich froh zu Tische!

XIV (46). Z. 3 „Thür", i. O. gesoch.
Z. 8 l. i. O. honre mit gescalle.
Z. 11 „Waßer", i. O. wage. Vgl. Brem. Wb. unter wake.
Z. 13—14 sind von mir ergänzt, da das Manuscript mitten in der Zeile 13 mit den Worten „swem got hir" abbricht.

Sprüche
des Fürsten Wizlaw III von Rügen.

Geistliche Lieder.

Ave Maria.
II (2) p. 27.

Maria, dein hold Gemüth
  Hohe Seligkeit durchzieht,
  Als der frohen Botschaft Wort
  Mit „Ave" dich begrüßet.
Die keusche Demuth dich verschönt,
  Als es aus deinem Munde tönt:
  „Gottes Will' gescheh' an mir,"
  „Wie seine Huld beschließet."
Vom Himmels Thron
Kam Gottes Sohn,
  Den du, Jungfrau, geboren,
Aus Gottes Schooß
Er dir entsproß,
  Für uns zum Heile erkoren.
So kam zur Welt, o Jungfrau, dein Sohn,
Der durch uns litt der Kreuzigung Hohn,
Der durch uns trug des Todes Pein,
  Daß Heil für uns entsprießet.

II (2). Z. 3—4 lauten i. O. u. E. Fan Gabrielis bodescap Sich Ave he dik nende. Der Gruß Ave wurde nämlich auch als Name der Maria aufgefaßt, indem er sie, mit Umkehr der Laute, als Gegensatz der Eva bezeichnete.

Gebet zum Heilande.

VI (6) p. 29.

Ich will bitten in der Zeit,
   Daß deine Hülfe mir bereit,
   Mög' sich der Gnade ewiges Heil,
      Jesus, mir offenbaren!

Nimmer ohne dich vermag
   Ich je zu leben einen Tag,
   Verleihe deine Hülfe mir,
      Behüt mich vor Gefahren.

O habe Acht,
Des Bösen Macht
   Droht mit seinen Schlingen;
Es hat zum Ziel,
Mit argem Spiel
   Mich in's Netz zu bringen.
Du wolle nun mein Heiland sein,
   Sonst zieht er mich doch hinein,
   Erfülle Herr drum meinen Geist,
      Stets wolle mich bewahren.

Bußlied.
XI (12) p. 33.

Diese heilige Zeit
  Sieht mich bereit,
  Zu singen ein Lied
  Von dem, der mich erschaffen hat,
    Vom Schöpfer der Dinge.

Hilf, daß ich werd' befreit
  Von Sünden Leid,
  Daß Buße geschieht,
  Für jeden Fehl, den ich getragen,
    Gnade du mir bringe.

Schwacher Geist verlangt nach Glaubensmuthe,
  Drum leih' mir deines Geistes Waffen,
    Unwürd'gem nimmer sei gespendet,
  Was von deinem Reich mir kommt zu Gute.
  Wizlaws Weisheit reicht nicht aus: Du bleibst
    Stets ein willkommner Gast gesendet,
  Du hast mich theu'r erkauft mit deinem Blute.
    Heil'ge Jungfrau, rein,
    Bitt zum Kinde dein,
  Daß seine Gnade immer auf mir ruhte!

XI (12). Z. 11 „Schwach", i. O. n. E. brode, i. M. brovda.
Z. 13 „Unwürd'gem", i. O. snode.
Z. 15—16 l. i. O. n. E. Bedenke Wizlaw dine wishet Mak en nicht to ellendem gaste (i. M. tzuo elenden).

Gleichnisse.

Der Hausbau.
III (3) p. 27.

Ich wähnt' zu bau'n auf einer Stätt,
Der Boden mir sich senken thät,
Denn grundlos war das Fundament,
    Mein Haus begann zu fallen.
In der Grube schon ich lag,
Doch Er kam, der All's vermag,
Er hob es auf mit seiner Hand,
    Laut mag ihm Dank erschallen!
Ich rief also:
Alpha und O,
    Dir das Lob gebühret;
Du kannst erbau'n
Auf Himmels Au'n,
    Daß es nicht sich rühret;
Meer und Land sind ohne Macht,
Und haben deiner Weisheit Acht,
In deinem Willen steht die Welt,
    Unsre Worte verhallen.

III (3). Z. 2 „Der Boden", i. O. De wort.
Z. 5 „In der Grube", i. O. In dor putten.
Z. 15 „Meer und Land", i. O. Sewe noch der erden.
Z. 18 lautet i. O. Swat wi hir mogen kallen.

Nebukadnezars Traum.

VII (7—8) p. 30.

Dem Könige Nabuchodnosor
Kam's in seinem Traume vor,
Daß er ein Bildniß vor sich sah
Gar groß, von prächtigem Schimmer.
Es ragt' bis in den Himmel hinein,
Sein Haupt hatt' einen goldnen Schein,
Die Arme glänzten silberweiß,
So etwas sah er nimmer.
Die Brust von Erz,
Doch niederwärts
Der Leib von Kupfer zu sehen,
Die Schenkel Stahl,
Doch allzumal
Auf thöner'n Füßen stehen.
Und wie er blickt nach dem hellen Schein,
Da rollt von dem Berg herab ein Stein,
Der schlägt mit Allgewalt darein,
Das Riesenbild in Trümmer.

Dieses Gleichniß ist dem Propheten Daniel cap. II, v. 31—45, mit einigen Abänderungen entnommen. Die Bezeichnungen der Metalle lauten i. O. hovet guldin — arme sulverin — erin do brust — buk koprin — do des stalin (vgl. über deo, i. M. diech, „das dicke Bein, Hüfte" Bremisches Niederdeutsches Wörterbuch) — fot erdin — sten. In der Erklärung des Gleichnißes lauten die Bezeichnungen der Metalle: guldin — sulverin — erin — koperfar — stal, isin — erdin — sten.

Einst hatt' die Welt wohl goldnen Schein,
  Doch der mußt' bald verloren sein,
  Darnach erschien die silbern' Zeit,
    Wohl stand die Welt bei beiden.
Hernach das ehern' Alter kam,
  Gold eine kupfern' Farbe nahm,
  Das ist bei unsern Zeiten geschehn,
    Des klagen Christen und Heiden.
Endlich sie ward
Wie Eisen hart,
  Die Klagen neu erschallen;
Der thönern' Fuß,
Der macht den Schluß,
  Der bringt die Erde zu fallen.
Der große Stein ist Gottes Kraft,
Am jüngsten Tag er neu sie schafft,
Und, welche alsdann nicht wohlgethan,
  Die wird er von sich scheiden.

Ueber die Klage des Fürsten Wizlaw, daß seine eigene Lebenszeit eine eherne und elserne sei, vgl. die Einleitung p. 12; doch ist dort das durch ein Versehen bei der Correctur unrichtig angegebene Datum des Rostocker Laubfriedens „1287" in „1283" zu verändern. Vgl. die betr. Urkunde v. 13. Juni 1283 bei Fabricius, Urk. z. G. d. F. Rüg. CLIII.

Sittensprüche.

Mahnung in böser Zeit.
I (1) p. 20.

Menschenkinder, denkt daran,
 So ich Euch noch rathen kann,
 Hat's auf Erden doch den Schein:
  Der jüngste Tag wollt' kommen.
Hat's auf Erden doch den Schein:
 Nicht traut' das Kind dem Vater sein,
 Der Vater traut' dem Kinde nicht;
  So haben wir's vernommen.
Wollt Buße thun,
Und danket nun,
 Wenn ich's Euch erzähle,
Daß Ihr zur Zeit
Nicht Schaden leid't
 Gar an Eurer Seele.
Müßt Ihr den Geist aufgeben,
 Verlieren Euer Leben:
 Dann schützt Buße Euch vor Noth,
  Und dienet Euch zum Frommen.

I (1). Dieser Spruch scheint aus der Stimmung hervorgegangen zu sein, welcher die Zeit vor dem Rostocker Landfrieden (1283) oder während des Krieges v. J. 1314—17 beherrschte.

Z. 11 l. i. O. n. E. Oft icht juk vorhele, i. M. Ob ich ez uch vuorhele. Ueber vorhalen, vorhelen m. b. B. „Erzählen" vgl. Brem. Nied. Wörterbuch.

Warnung vor dem Schicksalsglauben.

VIII (9) p. 31.

„Nicht anders ist es mir bestimmt"
„Es fügt sich so" — wer das annimmt,
Der bringt es im Leben leicht dazu,
Daß er sich selbst betrüget.
„Bestimmung" und „Das ist mein Loos" —
Wer's sagt, ist an Thorheit groß,
Sich selbst betrügt er und die Welt,
Dies Wort ist falsch gefüget.
Folgt dann ein Leid,
Er ist gefeit, —
Dann heißt's: „So mußt' es kommen."
Das darf nicht sein,
Drum höret mein:
Nie hab ich das vernommen
In Predigt und in Bücher Lehr:
Wo nehmen es nur die Thoren her?
Womit beweisen sie den Trug? —
Ihr Spruch sie selber belüget!

———

VIII (9). Z. 1—2 lauten i. O. n. E. Mi schit nicht, wen mi scapen ist, It mot nu sin.

Z. 9—11 l. i. O. n. E. Dot si en let — se sint gefet, Und jet: Dit mot so wesen d. h. Folgt ihrem leichtsinnigen Handeln ein Leid, so sind sie gegen jede Anklage geschützt (gefet) und haben keine Verantwortung, denn „es war so vom Schicksal bestimmt" (Dit mot so wesen).

Z. 15 l. i. O. n. E. An Worden noch an boke kraft.

Strafe des Neides.
X (11) p. 33.

Falscher Mann, warum allein
    Grollst du voll Neid
    Diesem Biedermann.
    Er gönnt dir doch alles Heil
    Ohne Falsch im Herzen.

Er soll dir willig sein,
    Und jederzeit
    Dir ein Unterthan:
    Doch wenn den Wunsch er nicht erfüllt,
    Wurmt es dich mit Schmerzen.

Bleib wie du bist, doch büße für diese Sünden,
    Nicht steh dem Biedermann im Wege,
    Gönne ihm die Ehren zu erlangen:
    Fürwahr, dein Zorn wird sie ihm nicht entwinden.
    Du nur verschuldest diese Zwietracht,
    Dich hält ja Schalkheit arg umfangen.
    Doch dir, du Ehrenmann, wünsch ich ein glücklich Leben,
    Ich steh dir zur Seit;
    Strafe sei bereit,
    Jenem Schalk der Bosheit Lohn zu geben.

X (11). Z. 1 l. b. C. du bose man, b. v. b. Hagen du loser man.
    Z. 3 „Biedermann", i. O. goden lif, i. M. guoten liph, wo lif die Bedeutung „Mensch" hat, die aus den anderen Bedeutungen „Leib, Leben" abgeleitet zu sein scheint.
    Z. 16 „Schalkheit arg", i. O. scalkhet is forbolgen.

Warnung vor Uebermuth.
XII (18) p. 34.

Mancher verscherzt sein eigenes Heil,
 Weisheit ward ihm nie zu Theil,
  Läg's auch in der Nähe.
Und spricht doch Schande auf jedermann,
 Er, der Ehre nie gewann,
  Daß solch Wort mich schmähe.
Solch höhn'scher Spruch
Ist oft genug
 Aus seinem Munde ergangen,
Sein arger Witz
Der dünkt mich so spitz,
 Als sei er von list'ger Schlangen.
Gott, gib dem übermüth'gen Mann
Weiberplag', der Männer Bann,
 Vor ihr der Schalk vergehe.

Mahnung zum Edelmuth.
XIII (22) p. 35.

Ich mahne dich, von Jugend Glück umfangen,
 Zu edlem Muth,
Erwart' es nur, du wirst das Heil erlangen,
 Denn du bist gut.
Mög' falschem Rathe du entweichen,
 Die Heiligen das Böse von dir scheuchen,
 Einst dich empfangen in Gottes hohen Reichen.

XII (18). Z. 1 l. i. O. Manich scimpet up sin egen til, i. M. uph sin eyghen zil.

Z. 13 „übermüth'gen Mann", i. O. forscamden man.

XIII (22). Z. 2 l. i. O. halt milden mot.

Z. 6—7 l. i. O. De heligen untfan dik algelike In scone sele, in godes hege rike, bei v. d. Hagen din schoene sele.

Lobsprüche.

Marcus Curtius.
IV (4) p. 28.

Zu Rom einst geschah ein Wunder groß,
   Ein Feuer brach aus der Erde Schooß,
   Und als sich stets die Flamme vermehrt,
      Hat ihnen ihr Gott verkündet:
„So wer mit freiem Willen sein"
„In voller Rüstung ritt' hinein,"
„Dann würde das Feuer erlöschen." —
      Und bald ein Ritter sich findet.
Man ließ ihm zwar
Ein ganzes Jahr,
   Zu prüfen seinen Willen:
Er fühlt kein Grau'n,
Und Männ'r und Frau'n
   Sehn staunend sein Wort erfüllen;
Denn nach Jahresfrist zur Stund
   Ritt er gewaffnet in den Grund,
   Und sieh, des Feuers Flamme erlosch,
      Die in der Erd' entzündet.

    IV (4) ist mit einigen Abänderungen der Sage vom Marcus Curtius bei Livius Buch VII, Cap. 6, nachgebildet.

    Z. 8 l. i. O. Des wart da scher en mundich d. h. da ward jemand alsbald dazu mündig, d. h. bereit.

    Z. 11 l. i. O. Den willen sin forbolgen d. h. austoben.

    Die Z. 12—14, i. O. Swar was sin mot — dar stont sin hot — Maget, wif most hem em folgen, entsprechen nicht den Worten des Livius: Dona et fruges super eum a multitudine virorum ac mulierum congesta, und sind vielleicht corrumpirt.

Dem Grafen von Holstein.
IX (10) p. 32.

Aus Herzens Grund mein Wort erklingt,
Das alle reichen Ehren bringt,
Dem Herrn von Holstein sei's geweiht,
    Den hab' ich Euch gepriesen.

Niemals sah ich einen Mann,
Den so hoch ich rühmen kann,
Der einen Fehltritt nie gethan,
    Frau Ehre will ihn erkiesen.

In seiner Jugend
Hat er schon Tugend
    Sich auserwählet,
Ihm ward dafür
Des Preises Zier,
    Die Schande blieb ihm verhehlet.
Männer und Frau'n ihn nennen gut,
    Deswegen hat er steten Muth,
Lob ihm, dem schon in blühender Jugend
    Der Ehren-Pfad gewiesen!

IX (10) ist vielleicht an den Grafen Gerhard von Holstein gerichtet, der mit Wizlaw in dem Kriege v. J. 1316 verbündet war. Unter dieser Voraussetzung ist bei Z. 3 von Ettmüller die sehr wahrscheinliche Lesart: Van Holsten enen heren Ghert, statt der Lesart wert in der Handschrift, vorgeschlagen.

Z. 7 „Fehltritt", i. O. mistrede, i. M. missetrede.

Z. 18 „Ehren-Pfad" l. i. O. Eren-sla.

Räthsel.

Nun rathet einmal — was das wohl sei: —
　Es wohnt uns allgemeinlich bei,
　Und ist uns Allen unterthan,
　　Und doch thut's uns regieren.

Bis es wird, mag groß es sein,
　Und ist doch wie eine Erbse klein;
　Oft seh'n wir's auch zu unserem Leid
　　Gar dumme Streich' vollführen.

Es ist so reich,
Ich weiß ihm gleich
　Nichts in meinem Leibe;
Darzu so klug,
Und doch mit Fug
　Treibt's den Mann vom Weibe.
Vollkommene Macht es hat,
　Und gibt zu allen Dingen Rath,
　Und doch nichts Dümmeres je es gab
　　Nun sucht ihm nachzuspüren.

Auflösung des Räthsels.

Die Auflösung dieses Räthsels scheint „blod" (mhd. bluot) zu sein und zwar in seiner dreifachen Bedeutung „das Blut", „die Blüthe" und „blöde, blödsinnig". Als Blut wohnt es allen Menschen bei und ist, insofern es freiwillig vergossen wird, uns unterthan, gewinnt aber, wenn es in Wallung geräth, die Herrschaft über uns. In dieser Bedeutung ist es „reich", d. h. nach der Sprache des Mittelalters, kostbar und der wesentlichste Bestandtheil des Leibes, ferner „klug, mächtig und gibt Rath", d. h. im weiteren Sinne nach dem alten Sprachgebrauch „lebendig und üppig", „kräftig", „nützlich und behülflich". Da „klug" auch die Bedeutung „naseweis" und „mundgewandt" hat, so könnte diese Bezeichnung auch auf die Jugend „ein junges Blut" zu deuten sein. Endlich verhindert es als nahe Blutsverwandtschaft oder durch Mangel ebenbürtigen Blutes die Ehe zwischen Mann und Frau. Diese Trennung wird gleichfalls durch τὰ καταμήνια herbeigeführt; der Ausdruck „suoch, soch", d. h. Gesetz, scheint aber anzudeuten, daß die erste Auffassung richtig sei.

Als Blüthe ist es klein wie eine Erbse, wird aber groß, wenn ein Baum aus der Blüthe erwächst „It is grot, went it us wert, Und is noch klener, denne en ert."

Als blöde, blödsinnig macht es dumme Streiche „Und dot us maniger hande walt mit siner dummen kere", i. M. tumben kere (die Lesart „ummekere", welche Ettmüller aufgenommen hat, scheint weniger angemessen zu sein); und ist ferner „dummer wen icht wart", i. M. tumber, wan je icht wart. Ueber blod, blood, in der Bedeutung „blöde, blödsinnig, thöricht" vgl. Brem. Nied. Wörterbuch, auch Höfer, Denkmäler Niederdeutscher Sprache B. II, 1851, Burkard Waldis Vorlorn Son, 1584:

> Wo Christus trostet alle bloden,
> De sik erkennen in den noden.

Da es einem andern Stamme angehört als blod (mhd. bluot) so lautet es im Mhd. „bloede" und hat ebenso wie „broede" die Bedeutung „schwach, furchtsam, thöricht".

Nachricht über den Ungelarden.

Nach Beendigung des Satzes fand ich in dem von Dr. Fabricius herausgegebenen ältesten Stralsunder Stadtbuche p. 107. IV. 581 ff. Aufzeichnung vom April 1300:

> Magister Unghelarde dedit uxori suae hereditatem suam post obitum ejus, quamdiu autem vixerit, vult personaliter possidere.

welche die Annahme gestattet, daß dieser Magister mit dem (Lied II) erwähnten, von v. d. Hagen für Wizlaws III Lehrer in der Kunst des Gesanges gehaltenen Ungelarden identisch sei (vgl. Einl. p. 11). Ob der im Stadtbuch p. 18 in der Aufz. I, 287 v. J. 1278 „Dominus noster Wizslaus (II) tenetur beato Nicolao 40 m. ex parte magistri Helmici" genannte Magister Helmicus derselbe sei, läßt sich nicht entscheiden, jedoch spricht dieser Umstand, daß der fragliche Lehrer Wizlaws III c. 1278—1300 seinen Wohnsitz in Stralsund hatte, dafür, daß die Dichtungen im Rügischen Heimatlande geschrieben und in Niederdeutscher Sprache abgefaßt sein mögen.